架空線

石川美南 歌集

本阿弥書店

歌集　架空線

石川美南

Ⅰ　橋をくぐる

Ⅱ　通過点、点、点（2011.3–2012.2）

Ⅲ　声

Ⅳ　祝福

I　橋をくぐる

川と橋

二月一日。新三崎橋防災船着場から舟に乗り込み、日本橋川を下る。

同じ冬に乗り合はせつつわたしたちてんで勝手に川を見たがる

昂りは口に出さねど船頭はひたひたと満ち潮を気にする

一ツ橋辺りには、徳川幕府の築いた石垣が残されてゐる。

直角に川を曲げたる腕力を〈ばくふ〉と呼べり、その水しぶき

石も人も遠くから来て石垣にぽつりと刻む家紋その他

思ふまま手を振れ橋へ　錦橋を泣き出しさうなわたしが通る

ある朝、錦橋の上から日本橋川を覗くと、一クラス分の学生をぎつしり乗せた舟が通りかかつた。一人の女の子がおづおづと手を振つてきたので何気なく振り返すと、今度は舟の全員が手を振つてきて、一面花が咲いたやうになつた。二〇一一年。勤めてゐた会社も私も、すこぶる不安定だつた。

気のせゐよ一人ぼつちは　覗き込めば合はせ鏡の中を降る花

橋の裏すれすれの舟（湯あがりの祖母のでべそが怖かつたこと）

船頭は誇らしげなり今汲んだ水の透明度を測らせて

東日本大震災で歪み、通行止めになつてゐた常磐橋の修繕工事がやうやく始まつた。
石造りの橋を一旦解体するため、一つの石に一つづつ番号を振つてゆく。

追憶の重さに耐へて石１００も石１０１も息詰めてゐる

日本橋川の真上に首都高速が架けられたのは一九六三年。

川を道で上書きしたる腕力は〈オリンピック〉と名付けられたり

遠慮がちに脚を濡らして首都高は川の真中を歩みゆくなり

日本橋は明治維新までに十回燃えた。

どこにでも行ける心を橋に置きひとときの人の顔想ひをり

隅田川。潮の関係で、この時間は川上に向かつて流れてゐる。

欄干に決まり手の名は刻まれて〈ひんまはし〉〈まがひつきだし〉涼し

みな出て橋をいただく霜路哉　芭蕉

笠の人びつしり載せて揺れゐたり江戸時代とふ長い長い橋

夕映えに動悸する舟　青年は明日の不安を銜ひなく言ふ

このくらゐ普通ですよと嘯いて船頭は荒波へ突つ込む

戦争のさなか浮かんで消えたとか〈氷山空母・ハバクック計画〉

隅田川と神田川とが接する辺りに、小さな水上派出所がある。陸側に入り口を持たないこの奇妙な派出所に勤務する人たちは、川に落ちた人を掬ひあげたり、投げ捨てられた凶器を探索したりして日々を過ごしてゐるらしい。

代はる代はる堤防を指差してゐる三つ子のやうな警官たちよ

警備艇の名は〈みやこどり〉朗らかに都はここよここよと揺れて

川をゆく暴走族になりたいとミモザの光放ちて友は

かつては、柳橋から吉原へ舟が出てゐた。

橋に佇《た》つ男はみんな川上を見てゐたりその眩しい水を

爬虫類みたいね橋は濃《こ》緑《みどり》の腕《かひな》にあまたリベット浮かべ

生活排水によつて東京の川が汚れに汚れてゐた頃、この辺りのビルは皆、川に背を向けて建てられた。

吐く息が凶器であつた　わたしたち無関心きらきら決め込んで

祖母は五十代で車の免許を取り、六十代で定時制高校に通つた。卒業式で同級生と歌を歌ふことになつた祖母は、「みんな知つてるだらうから」と、かぐや姫の「神田川」を選んだが、最後まで歌ひ通せたのは祖母だけで、年若い友人たちは皆ぽかんとしてゐたといふ。

ジェネレーションギャップの川に光差すあたり一羽の黒鵜が潜る

関東大震災の半年ほど前に生まれた祖母は、今年九十一歳になつた。

祖母の口は暗渠ならねど土地の名のとめどなく溢れかけて見えざり

どんよりと心疲れてゐる夜も川よ眠るな直《ぢき》に火が来る

一九二七年、震災復興橋梁のひとつとして聖橋が完成した。

石橋は熱持たぬ橋　両脚のあひだ優しく舟くぐらせて

二〇一一年、聖橋のライトアップが中止されたときは心細かつた。
灯れば良いといふものではないが、

夜の淵にへばりつくとき脚のある亡霊だつた橋もわたしも

個人史と戦後史混じりあふ頃を左岸に蟹が湧く蟹が湧く

来た道を帰る訳ではないのです　極彩色のごみを積む舟

揺れながら夢を遡行し黄昏の川警察にゆるく追はるる

再び、日本橋川

光るもの光らぬものを引き連れてオリンピックがまた来るといふ

脱ぐと皮

――爬虫類カフェ訪問前後

人間に育てられたる上顎が今かぶりつくトマトの水煮

自意識の鱗きらめく頃あひをわたしばかりの水槽に浮く

恋しさに満ち欠けありて脱ぎかけたストッキングが足首にある

皮脱ぐとまた皮のある哀しみの関東平野なかほどの夏

友だちの恋の経過を聞きながらたまに笑ってしまって、ごめん

「ミナさんはいつも楽しさう、楽しさうだから悩みは相談できない」

わたし変温動物だから灼熱の打ち明け話ほとほと不得手

冷徹に生きたい瞼ひくつかせ横断歩道渡りきるなり

遠ざけて／遠ざけられてゐる昼のスーパークールビズ、胸のあき

心かつ踵かつかつかつハイヒール履けばこの世はいよいよ硬し

爪の間に溜まつた砂の重たさよ友だち一人減り二人減る

てらてらと光りてやまずわたしより先に脱皮をした友だちが

友は薄く口開けながらゲラ刷りの（笑）《かつこわらひ》を片つぱしから消す

気丈さを演出すれば「嬉しさうですね」と言はれたり別れ際

控へめな嫌味だつたな甲羅越しに触れるくらゐが精一杯の

〈初めから逃げてゐるのと同じです〉昼の広場に放たれて我ら

ざと動きざざざと動く前足がかなしみの核心をかすめつ

この床《ゆか》は亀がゆくから滑り止め施してある　ゆきなさい亀

眠りたくなつて眠つて目が覚めて食べる排泄する歩き出す

拝むやうに右手左手近づけてトカゲは今日も電話が欲しい

おなかとせなか

泣きごと繰りごと言ひたい背《せな》のくぼみからティシュー一枚引き抜いてくれ

港区に雪は降らねどしんしんと訂正シール貼り二千枚

無意識に丸まる背中（一方で）あはれ自意識まみれのお腹

丸めればそこが背中といふこともなくてアオダイショウ上機嫌

婉曲なクレームなればくねくねと切り抜け切り上ぐる電話かな

青年の機嫌曲線ゆるやかに下れど美しい築地の夜

ひかりもの皿に並べて空腹が我らの顔を照らしてゐたり

Q／とぶ

Qの渦に揉まれゐたきをあくせくと上つて下るAの急坂

飛び石はどこへ飛ぶ石　つかのまの疑問のごとく暗がりに浮く

数取り器で疑問符を数へたといふ一冊で一七五の疑問符

作者・読者・作者・読者と並びゐるオセロゲームのみどりの広野

高い高いされる寸前、みどりごは歓喜に満ちて手を広げたり

気乗りしない感じに這つてゐたれども突如地面を蹴つて　飛行機

夢の飛行は軽やかにして溜め込んだ位置エネルギー一気に使ふ

〈とぶ〉よりも〈降りる〉が大事　踵からこの世へ降りてくるスケーター

跳ぶ顔は一目でわかる　四回転ジャンパーたちがリンクに入る

負けながら黒目は澄んでオメデトーと口を動かす小塚崇彦

気をつけて行つてくるのよグレーテル、月下きらめくＱばら撒いて

沼津フェスタ

松林越しの日差しよ遠くから太る痩せるの話が聞こゆ

くちびるの左の端を持ち上げて牧水が今旅から帰る

やはらかな文字にて人へ書き送る〈「秋」になつたら直るだらう〉と

棟《むね》上《あ》げの祝ひの餅は撒くそばから文字となり歌となりつひに消ゆ

ゾシマ腐り牧水腐らざりしかどそこにいかなる教訓もなし

晩夏光身に受けながら和三盆口に含んで　わたしは腐る

沼津港周辺図戸田村全図沼津ハザードマップ　畳めり

ステージは白く磨かれ〈ヌマヅ自慢フェスタ〉が今夜開催される

空想の〈自慢フェスタ〉の壇上でわたしがもらふ数々の薔薇

水族館に服部真里子の目は光り「蓋ぜんぶあけた、電気ぜんぶ点けた」

海底にも不測の事態などありてタカアシガニの顎のみ焦る

直角に光降るなか続々と砂に埋もれにくる仲間たち

転ぶやうに走るね君は「光源ハ俺ダ」と叫びつつ昼の浜

富士山をみんな好きなり口々に名を呼びながら船尾に寄つて

絶え間なく著者近影を撮り合つて老いさらばへてゆくべしみんな

「ふじはに」で切れたる歌を「ぽんいちのやま」とつないで旅閉ぢてゆく

astronomy

星々にまぶたはなくて炯々と見つめゐたりき地球の起こり

element

これは恋の、これは失意の、光なす結晶フェアを我らは巡る

fairy

木漏れ日を手に拾ひつつ思ひをりお伽噺のなかの婚姻

firmament

〈目隠しは要らない〉といふ夢の声／蒼天／倒れ込むピナ・バウシュ

goat

山羊たちは軽々と越ゆ感情の起伏激しいわたしの崖を

July

早送りボタンためらひなく押してもう七月の汗だくの恋

kingdom

犬の国にも色街はあり皺くちゃの紙幣に犬の横顔刷られ

loiter

体ぢゆう言葉まみれだ　夏の夜のどこをほつつき歩いてわたし

luminous

干しあんず消えたるのちをほの光る乾燥剤のうすき身体

match

マッチ箱に二人暮らしてゐた頃の炊事洗濯ちいさな花火

quick

昏々と四肢眠る夜もクイックイックスロー、クイックイックスロー、と声は響きぬ

言の葉のランタン提げてわたしたち西荻窪の窪みに集ふ

west

犬の国

犬の国の案内者は土曜の夜もきちんとした黒いスーツに身を包み、市街を案内してくれる。

ブラックで良いと答へて待つあひだ意識してゐる鼻先の冷え

おすすめのメニューを聞けば嬉しげにホットドッグの不味さを語る

旅慣れぬ手は寄る辺なくふらふらと触つてしまふ〈ペンキ塗りたて〉

案内者が私の襟元に犬の形のピンバッヂを付けてくれた。これがあれば、博物館を自由に見て回れるのだといふ。

重ね着をしても寒いね、この国は　平たい柩嗅ぐやうに見る

ガラスケースに継ぎ目はなくて冷え冷えと王族の死が保管されをり

トランプは燃え上がりたり戦乱を華やぎと呼ぶ奇術のさなか

「戦ひ」の「た」の音弾み、どの犬も脇目もふらず死んでいつた、と

立ち上がりものを言ふとき犬の神は肉桂色の舌を見せたり

片恋は炎の下に描きあげし洞窟壁画、角のある牛

犬の国の良いところは、犬種が豊かなところだ。チワワが流行したら町中チワワ、などといふ雑なことは全くなく、大きいのや小さいの、毛の長いのや短いのが伸び伸びと闊歩してゐる。

……と言つてみると、案内者は曖昧に微笑んだ。

——この国では、変はつた犬を飼ふのがお金持ちのステータスですから。


ダルメシアンがみんな悲しい訳ぢやない　寝椅子を照らす緑の灯り

写り込む目隠しフェンス　犬みんなカメラ目線の庭園にして

何もかも許されてゐる芝のうへドーベルマンは銅像のふり

風評はいづこにも立つビーグルの耳たをやかに垂れてゐたれど

首に提げたる名札を見れば金文字でSAKURAと書かれ、これは何の木

ところで私は、この国の言葉がまるでわからない。

「どうやって今日までサバイブしてきたの嗅覚も聴覚もまるで使はず」

震へつつ渡る陸橋　教会も尻尾も持たぬ心細さに

「タクシーでこれを見せて」と通りの名ふたつ記しただけ　霧の街

大きく背伸びの運動からの一日をしどろもどろのまま終へむとす

スカートは幌のやうなり〝某〟と呼ばるることもなくて　亜米利加

高台に乱れ髪なびかせてゐる私の神は不用心の神

無造作に青春詩集積み上げて後部座席の幻の書架

クラクション、遠く鳴る夜を話したい話がしたい舌出して寝る

わたしの増殖

2013.11.24「声と文学」@ SENDAI KOFFEE.CO

ある日、溶接工のイアン・ニコルは縦に二つに分裂しはじめた。
発端は後頭部に現われた小さな禿げだった。

「イアン・ニコルの増殖」アラスター・グレイ（柴田元幸訳）

カフェはしづかな生き物にしてもこもこと形の違ふ椅子増殖す

晴れの日に羽織るニットの外面《そとづら》はボタン穴より緩びゆきたり

妬ましき心隠して書き送る〈前略、へそのある方のわたし〉

へそのないわたしは冷えと寂しさに弱くて、鳴らす歩道の落ち葉

寝転んだり蹲ったりしないから変ね、図鑑のヒトの骨格

トンネルに入れば車窓は鏡なし負けず嫌ひの素顔が映る

思ひきりけんかがしたい　祭日の〈火星の庭〉に銀杏が溜まる

人の顔あまた仕入れて売りさばく梅原鏡店の日常

長靴に染むる塩水　〈復興〉の疲れを穏やかに言ふ声がする

バクテリアは涙持たねば粛々と増えたり別れたり芽吹いたり

イアンはしばし考え込んだ。
「それって普通のことじゃないですよね?」

それつて案外普通のことよ　わたしたちの昨夜に同じ記憶が灯る

めりめりとあなたははがれ、刺すやうな胸の痛みも剝がれ落ちたり

〈他者〉といふやさしい響き　鉄塔の下まで肩を並べて歩く

嘆くほどのことにあらねど鴉には交通規制かからないこと

洋靴店のセール賑はし〈楽天〉が勝つて勝ちきりたるシーズンの

へそのある方のわたしとすれ違ふパレードを待つ喧騒の中

パレードに声は溢れて晩秋のわたしわたしたち手を振りあへり

牛の舌舐めとるやうに食んでゐるこの食欲はわたしのものだ

欠かさずに水をあげるよ後頭部禿げたらそこを褒めて伸ばすよ

その日その日の暮らしに日差し　へそのないわたしわたしたち笑つて生きる

ぴかり

それはこんな灯台だつたかいと言ひタクシーの運転手振り向く

II　通過点、点、点（2011.3 - 2012.2）

human purple

1

まだ背《せい》が伸びてゐるとふ感覚に悩まされつつ歩む地下道

放つとくと記憶は徐々に膨らみて四コマ漫画に五コマ目がある

朝顔と呼びゐたれども十月になつても咲いてゐる　青い花

唐突に植ゑてあるなり椰子の木はピザ屋の車止めの真後ろ

（この襟にこのスカートは無かつた）と昼の鏡に映して気づく

顎つんと上げて笑つてゐるみたい洒落たトイレの洒落たマークは

休日は昆虫館に通つたと大人の声がしみじみ言へり

頭を振つて髪を乾かす　のうのうと眠つてゐると友だちが減る

隙間なく月明かりする夜だらう　「表へ出ろ」と怒鳴られて出る

住所・氏名知られてゐれば冷え冷えとポストに届く椅子のカタログ

背表紙の丸みに指をかけながら秋のさなかに読む蝶のこと

日高敏隆『動物と人間の世界認識』

小見出しはゴシック体で記されて〈モンシロチョウは赤が見えない〉

花園の秘密分け合ふすべもなく虫の紫《インセクト・パープル》／人の紫《ヒューマン・パープル》

複眼の映す世界はどの世界　標本箱の空ろを覗く

（わたしには、赤い）夕陽がゑのころの枯れ残りゐる斜面を照らす

2

オフィス街でマダラ氏に似た人を見かけたことがある。

「O手町を歩いてませんでしたか」とメールすると、

「昨晩は仕事だつたので、私が二人以上に分裂できない限り、それは別人です」と返信が来た。


何年も会つてゐないと思ふとき記憶の友の猫背が丸い

蝶Aと蝶Bもつれあふやうに飛んでここにはゐない蝶C

マダラ氏とは、以前同じ書店で働いてゐた。

呼ばれたらすぐ振り返るけど　本棚に擬態してゐる書店員たち

物欲は七色にして壁棚をディアゴスティーニのパーツが埋める

腕組んで工場長は笑ひをり「月刊工業長」の表紙に

マダラ氏は添加物を毛嫌ひし、家では自分で作つたスパゲティーミートソースばかり食べてゐる。一冊の本をゆつくり吟味しながら読む。奇妙なことを思ひついては一人静かに笑ふ。

「イシカワさん、ジョージ・ブッシュは動物にたとへると海老ですね。眉毛が」

親密に接しすぎると不機嫌になつて新聞紙の森の奥

羽ばたきに音はありたり　文庫本サイズのカバー素早く折れり

彼が消息不明になつてゐると聞いたのは、数日前のことだ。
震災後、東京に降る放射性物質を恐れて欠勤するようになり、誰も連絡が取れなくなつた、と。

心配と苛立ちのため何回も電話をかけただらう上司は

人の目に見えないものは怖いもの　広場へ思ひ出は降りつもり

夜の帳は我らへ降りて貧弱な想像力は出る幕がない

下宿に閉ぢ籠るマダラ氏。故郷へ帰つたマダラ氏。
西日本もしくは海外へとずんずん移動するマダラ氏。
どれもありさうに思へ、しかし、どれもがぴんとこない。
マダラ氏に送つたメールにはまだ返事がない。

ぶれてゆく記憶を補正できぬまま影絵の中にあなたが増える

雨だれは繰り返すなり起承転ばかりで結のない物語

窓は目を開き続ける　紫に染め上げられて夜といふ夜
あれは春　蝶のあなたが水溜まり飛び越しながら見てゐた光

彼女の部分

姉の右の耳には穴が開いてゐる。もちろんお洒落で開けた訳ではないが、かなり目立つ穴なので、彼女を他と区別するとき、人はたいてい耳のことを言ふ。

姉は一九七七年生まれの三十四歳。私より三歳年上だ。年が近いので親しみを込めて「姉」と呼んでみたが、実のところ、私と彼女の間に血縁関係はない。

彼女の名前はダヤー。インドから来た。

ヒンディー語で「慈悲」を意味する名前なり体揺らして日盛《ひざか》りに立つ

誇示するでもなく見せてゐる仲間との喧嘩で開けた右耳の穴

今年三月の末、例年通りダヤーの身体測定が実施された。体重計には毎日載つてゐるが、身体部位の長さを測るのは年に一度だけ。四人の人間が寄つてたかつてダヤーを囲む。

測る人ひとり・押さへる人ふたり・数値を記録する人ひとり

巻き尺は右に左に廻《めぐ》らされカゴメカゴメの中の一日

ダヤーの耳は横幅五五センチ、縦幅七六センチある。

顔の横に耳はあるなり風吹けばすこしうるさし、はためく耳は

友だちの声は聞き分けられるからどんな密林でも迷はない

人混みで誰かが語る　ロボットが涙腺を持つ未来のことを

後ろ足のサイズは二九センチと意外に小さいが、前足はさすがに四〇センチもある。体重は四二〇〇キロ。まともに踏まれたら、人間なんてひとたまりもない。

音もなく悲しみ積んでくる象に誰も背中を向けてはならぬ

やはらかき足裏《あうら》は感知するといふ午後の豪雨を、遠き戦を

腹部をはかるときは、彼女を挟んで二人の人間が立つ。一人が巻き尺の先端をダヤーの背中越しに投げ上げ、もう一人にパスをする。受け取つた方が、今度はお腹の下に巻き尺を通し、ぐるりと一周させる。そのやうにして測つたダヤーのウエストサイズは、四七一センチ。とは言へ、この数値はだいぶアバウトなものらしい。息を大きく吸つたときと吐いたときとでは一メートル以上も値が変はつてしまふ。何年も何年も測りつづけて、やうやく大まかな成長過程が把握できるのだといふ。

ほどけたりたわんだりする罫線をよろめきながら数値が進む

なだらかな背中かすかに波打たせ等身大の思ひを語れ

気になる鼻の長さだが、今年の記録にはなぜか鼻の数値が書き込まれてゐない。意地つぱりで調教嫌ひの彼女は、巻き尺を長い鼻で巻き取つて抵抗したらしい。

異国暮らしはもう慣れたけど　いらいらと伸びて丸まる彼女の部分

本質の見えがたければ鼻先で確かめてゐる枝葉の硬さ

インドの有名な寓話にこんなのがある。目の見えない子供たちが、初めて象に触る。脚に触れた子は柱のやうな生き物だと述べ、鼻に触れた子は木の棒のやうだと述べ、耳に触れた子は団扇のやうだと述べる。言ひ争ふ子どもたちを、教師が諌めて言ふ。お前たちは皆少しづつ正しく少しづつ間違つてゐる。象といふ生き物は、柱のやうでもあり、棒のやうでもあり、団扇のやうでもあるのだ、と。

……そんなことを思ひだしながら、私は今、柵の向かうのダヤーを見つめてゐる。その柱のやうな脚。団扇のやうな大きな耳。

ばき・ばきと今日の昼餉を飲み下す睫毛の下の目を潤ませて

世界地図のやうな表皮をさらしをり世界は皺と毛で出来てゐる

水のごとく砂巻き上げて撒き散らす楽しい一人遊びの時間

そらみつ大和に飛散するものを吸つて成長する私たち

子供らはわつと駆け寄り口々に褒めそやすなり象の巨体を

聞き取ってほしいあなたに　寄る辺ない私が触れた象の印象

測る人ひとり・押さへる人ふたり・数値を記憶するのが私

ボールペン軽く握って、降り立ったところはいつも初めての土地

運命ではない

友は初夏を笑ひ続ける／ぎんどろはマッチの芯になるのだといふ

春の電車夏の電車と乗り継いで今生きてゐる人と握手を

「なるほど！」と目を見開いて言ふときも眼鏡の奥をゆく淡水魚

緻密なる計算式は隙あらば髪を乱しにくる風のため

「せつかくだから話しときますけど」と
二年前モテた話を唐突に聞かされながら県またぎ越す

湖に着く間際までコミックのうつくしい陳列の話題を

二番の歌詞わからないやと間奏で消してしまった片恋のうた

口癖はみるみる増えて剝き出しの外階段があなたをめぐる

堂園くんは、電話が長引くと、喋りながら掃除を始めるのださうで「石川さんと電話してると部屋中が片付くよ」って、偉さうな声

夜の隅に友だちのゐる気配して呼吸するたび気配は動く

「運命」ぢやなくてピアノ曲の方です、と律儀に付け足した
活動していく上で目標にしてゐる人はいないの、と聞かれて
盛大に照れたる後に目標は「ベートーヴェン」と言へり花山周子

吹き上がる風だあなたは　トランプを買ひに走つてそのまま山へ

昼と夜

風を切るにぶい羽音よ／今／今／今／鳥の真顔がまぢかに迫る

口笛で語り合ふからわたしたち港々に友だちがゐる

空想は夜から昼へなだれゆきエッシャーの子供たち饒舌

バス停もバスもまぶしい　雨払ふごとく日傘を振つてから乗る

お見舞ひの午後は明るくTシャツの変な絵柄を見て帰りたり

続きです、商店街のシャッターが閉まりきるまで止めた会話の

一本の糸に眉間を引つ張られ上る眠りのエスカレーター

なだらかな肩にめりこむ蔦の跡　話せば長いけれども話す

雷

——奥山心に

この夜の我らは端本　もしくは、と言ひさしたまま巻の途切れて

〈僕のこと覚えてますか〉会ふたびに尋ねられにき　覚えてゐたり

追憶の川べりに身をふるはせてあなたがうたふ雷鳴の歌

【2011.12.9】

15：50　取材先の人形町から竹橋の職場に戻る。「人形焼買つてきましたよ」と言ふと、「えー」と嬉しさうな声を上げ、経理のYさんが後ろをついてくる。

店先は甘き香のして阿部寛のポスター三種貼られてゐたり

17：10　今日発表された「電気計測器の中期予測」についての記事をまとめる。
放射線測定器の国内販売・輸出合計額は、前年度比一四・〇％増の見込み。

平らかなグラフの線が鎌首をもたげ、そのままもたげつぱなし

17：35　K社からメールで画像データ届く。中を確認して返信。

退職を切り出してからひとつきを笑ひ泡、怒り泡、日々は泡

19：05　Kさんの自伝エッセイの後半を読み、修正案を書き込む。

「切断」の類語を調べ「切り取る」を経て迷ひ込む「（～だけ）取り上げる」

20：56　タイムカードを押す。私が最後の一人なので鍵をかけて退社。東京駅まで歩く。

銀杏の葉あたまに落ちて友だちを思はせる友だちが飛び去る

22：00　東京駅発。

通勤用の脚をホームに置き去つて西へ運ばれゆく身体《からだ》かな

22：23　横浜駅。鯖の塩焼き弁当、ブラックチョコレートひとかけ。

（部長の目、何も映してゐなかつた）二か月ぶりの給与が昨日

23：04　明日は皆既月食だといふが、今夜は太つた月がよく見えてゐる。

オリオンのウエストなんと細いこと河渡るとき空はひらけて

23：44　沼津駅。「多和田葉子『容疑者の夜行列車』を読んで書評のやうな短歌を作つてほしい」といふ依頼を受けたのが数週間前。せつかくなら、夜行に乗つて仕上げたいと思つてゐた。

厚着して守る身体にぽたぽたと読むよろこびは溜まりゆくなり

【2011.12.10】

0：24　シャワーの制限時間は六分。壁の緑のボタンを押すとお湯が出て、赤いボタンを押すと止まる。お湯が止まつてゐる間は、制限時間も延長される。

倒産を見届けず辞めてゆくことのずぶずぶと濡れゐる髪の束

1：36　豊橋駅。白い大きな紙を持つたヘルメットの作業員が一人立つてゐるが、暗くて顔がよく見えない。

暗闇に白い直線　偽の駅かもしれなくて目を凝らしたり

2：27　散文を書くときは自分の声を想定してゐるが、短歌は〈誰かの声〉を取り込んでゐるといふ感覚が強い。『容疑者の夜行列車』を読みながら、多和田葉子の〈声〉に耳を澄ます。あ、「鮭の切り身のやうな唇」というフレーズはそのまま下の句になるな。

人の声出してみたくてひらきをり鮭の切り身のやうな唇

3：01　山深いところを走つてゐる。遠くに明るい街の光。眠たい。ここはどこ。

敷かれたるレールの上をつるつると走りて迅し夢の寝台

6：35　車両切り離しのためしばらく停車。

車窓にはわたしが映り、つくづくとわたしの顔が目を開けてゐる

8：07　長いトンネルを抜けたら一面雪。

あれも冬。友だちの顔見に行つて見て帰りにき——モノクロの顔

9：46　車窓から「↑黄泉平坂」といふ看板が見えた。
記されてしまへば〈国〉の一部にて森は歌へりこの国の歌

14：15　岬でバスを降りる。ぽつんと建つお土産処に入ると、おばあさんが出てきて「まあ、座んなさい」と言ふので、座る。携帯は圏外。
冷えながら耳は意識す海鳴りに囲まれてゐる国のかたちを

15：00　微妙にパースの狂つたやうな坂。

旅をして（のぼりだらうか）ゐることは（くだりだらうか）確かなのだが

15：18　灯台の上は強風。

帽子飛び眼鏡飛ぶなり飛びたればわたしに残る剥きだしの頬

23：40　一面靄で何も見えない。

靄のむかうで欠けてゐる月　死に際のわたしは声を出さぬままゆく

二月に座る

頭から書き直したら爪先に着くのは明日か　冷えた爪先

辞めてきた会社のことを思ふとき右半身を照らすヒーター

遊園地のみが広がる一帯を徒歩《かち》にて巡る旅であつたと

内側は覗かないままその鞄良いわねえ良いでせう宵闇

一年は円卓にしてどの席も主賓席なり二月に座る

Ⅲ

声

容疑者の夜行列車に乗車

※ゴシック部分は多和田葉子『容疑者の夜行列車』からの引用

あなたは、はっとした。今までいたのは、フランスではなくて、ベルギーだったのだ。

ポケットに咲かせてゐたり　国境を越えたら萎《しぼ》む紙の花々

笹の葉はさやにさやげど恋ふ人を持たねばわたし一人の旅路

本気で悪事を働くつもりならば、双子でそろって顔を出すような愚かな真似は避けた方がいいのではないか。

足首は冷えてゐるなり悪人と善人せめぎあふ客室に

男たちはわたしに恋をしないまま黒胡麻を擂る、白胡麻も擂る。

どちらが上、どちらが東。両腕を伸ばせば触れてくる闇の指

自意識に邪魔されながら乗り継げばパリはますます遠のくばかり

駅全体が化けの皮をかぶっているのに、あなたはそれを剝がすことができずにいる。

嘘に嘘を連ねて敷いたレールにてカーブするたび身体《からだ》は傾ぐ

透明な接着剤で貼り付けた偽の傷から湧く偽の湖《うみ》

水の道は水が知るから、生き生きと兆す尿意に身を委ねをりあなたには、列車が走ることを喜びにしているとは、どうしても思えない。しかし、もし走らないでよいと言われたら、列車は何をして過ごすのだろう。

夜ののちまた夜は来てわたしたち死んだら乗れぬ寝台に乗る

時間蠅という種類の蠅がいる。タイム・フライズ・ライク・アン・アロウ。

時間蠅たちは矢が好き。西空へまつすぐに消え二度と戻らぬ

この夜を時刻通りに通過してでんでんむしは電車の一種

自分には出し物がない、とあなたは痛感する。

「宙返りしてみせるから見てゐて」と鳩や海豚や女の子たち

それなら、男の子になってもいい。

悪人のコート羽織れば悪人となつてぬくぬく夜を駆け抜ける

詰め草の野を行くときも筆跡をただで売り渡してはならない

鏡越しに受け渡されてあなたからわたしへ移る切符一枚

忘れた別れは一番痛むものなり。

拾ふ間もなくてそのまま置いてきた記憶袋の行方を知らず

遠回りに遠回りを重ねて、一番遠い帰路を選んでみようか。

出発…………の三点リーダー長くして　あるのだらうか、終着駅は

南極点へ

1910.8.9
Lat. 58°10′N
Long. 8°00′E
ノルウェー国クリスチャンサン

北半球発つ夜にして長靴の重さに【óu】と声は漏れたり

1910.9.9
Lat. 32°41′N
Long. 16°46′W
マデイラ島フンシャル

〈目的地、南極点〉と告げられて光は湧けり船に我らに

1911.1.2
Lat. 66°30′S
Long. 176°E
極圏に入る

郷愁は首にも尾にも満ちたるを今朝むずがゆし船首のあたり

1911.1.28
Lat. 78°38′S
Long. 164°40′W
鯨湾

南極の夏の明るさ〈パンツ坂といふ地名で察してほしい〉

Lat. 78°38'S
Long. 164°40'W
1911.10.19
極点を目指し出発

犬ぞりは眩しき坂をひた走り前へ前へと首は伸びたり

1911.11.15
Lat. 85°S
第6補給所

氷上は滑らかにして生き死にに関はるジョークさらさらと言ふ

燃えさかる顔がわたしか　雪風にやぶれかぶれの頬差し出して

氷河越え生きてゆくから、人も犬も同じ獣を冴え冴え喰らふ

1911.12.14–17
Lat. 90°S
南極点

地の果てにまなざし深くはためきて旗とは声をあげざる獣

右手、

（これは誰の夢の断片）裏庭で母が楽譜を火にくべてゐる

城跡へ向かふ夕暮れ　身じろぎもせず立つてゐる木槿《むくげ》が怖い

右手、宙に浮かせたるまま月を待つほんの子どもの滝廉太郎

洋琴のクラスきつての天才の、虫の音にいま耳澄ます頃

扇置く、下よりかすか漏れ出づるあれは祈りの声または歌

退屈な授業／ノートに落書きの機関車／走り去る音符たち

高熱の夢に踏む花踏む楽譜（絵踏みは季語と誰かに聞いた）

写譜といふ祈りの儀式　かぐはしき秋高楼の宴ののちを

トンネルの薄暗がりにあえかなる♭《フラット》ひとつ拾ひ上げたり

——声——『予告された殺人の記録』より

歌ふ男

〈結婚はなべて過失〉と歌ふとき砂糖の町を降る熱い雨

殺された男の母

木々濡らすいかなる雨も礼服のおまへを濡らすべきでなかつた

牛乳屋の女

指先の震へで双子を見分けたわ戦地へ行つた方行かぬ方

双子の片割れ

止《と》めて欲しかつたなどとは言はないが　ナイフの腹に滲む朝焼け

舟に乗つてきた男

プライドは鳥だつたのか　羽ばたいて俺の水面《みなも》を離れて行きぬ

喪服の女

海鳴りに愛を習つて穏やかにわたし呼吸を乱してゐたわ

わたし

極東は吹き矢のごとく夕暮れてあなたを闇に呼ぶ、ガブリエル

町長

鏡よ鏡、戸棚の奥の思ひ出を持ち去る者が死者だとしたら

殺された男

落トシテキタ小指ヲ、誰カ、アレガ無キャ鍵束ヲ上手ク鳴ラセナインダ

人々

死ぬ前は遠巻きにした／死の後は噂の花で顔を覆った

豚

腋に刃を当てられる日も俺たちは花の名前で呼ばれてゐたさ

予告編に続き本編

予告編に月光差して主人公A泣きBも泣きC笑ふ

映画館好きよ暗くて　雷鳴を怖がるヴァンパイアの子どもたち

カーテンは次のシーンで服に化け膨らみながら丘駆けのぼる

生真面目な少女D・少女E　頰打ちて打ち返させてまた打つまでを

会議・会議・怪獣・会議・怪獣が蹴散らせばなほ現実《リアル》なる街

（キスシーン来ませんように）おもむろに字幕消えたる後の薄闇

原作ではFが冷たく告げたはず「もう片方の耳にも穴を」

指を鳴らせばひとりでに片付く部屋で笑つてゐたりＧもＨも

たそがれの桟橋に影　編集の過程でカットされたるＩの

笛の音《ね》で恋が始まる／笛の音で恋を絶ち切る　そのあひだの夢

湯船用の小さなボートでもいいわ、別れのときと分かつてゐたわ

ポスターのなかに秋風　来月は別の女になつてゐるA

IV 祝福

次の季節

八月の記憶もうなし厚切りの鮪は舌の舌触りして

リビングデッドの春

ぬかるみを踏めばはつかに盛り上がる泥土もしくは春の係恋

同性を好きになるのは春ばかり帆布鞄の底引きずつて

友だちを口説きあぐねてゐる昼の卓上に傾《なだ》るるるひなあられ

恋しさの染み出さぬやう巻いて寝るうどん襟巻き・うどん腹巻き

見えぬ水をひとりへ注ぎ、軽くなる一方の水差しだわたしは

悲しみを隠して声は馬凍る湖《うみ》の話をさらさらと告ぐ

悄然と歩いてゆけば樹を積んだトラックが目の前に停まりつ

笑はない女の人に鉛筆を借りて展覧会のさなかへ

年表に咲くささやかな花として旅に死ぬ画家、死なざりし画家

水彩の群青滲む挿絵にて戦ふためのカヌーが奇麗

降り注ぐあなたの声に庭石は濡れて私のあたまも濡れる

フクシアの葉の育つころ何をしでかすのか見たい、見たいあなたを

首傾げたるまま歩く寂しさにリビングデッド、泣き濡るる春

朗らか

恋知らぬ人と行きたり藤波と呼べば波打つ空の真下を

プライドに付けてやるなら掠り傷　笹舟の舳先を差し出だす

杏の樹庭に揺れつつこの人の甘さより酸っぱさがしんどい

言はなかつたこと思ひつつハッカ飴ひとつ舐めきるまでが縁日

咽喉撫でて楽しかつたな日の終はり他人の猫を他人に返す

足腰が弱いねと言ひ当てながら手相見が振りかざす分度器

屈むことを知らぬおまへに霧雨は降り続く　鉄塔よ歩くな

モヒートにみどりの繁茂　その夜は見送るわたしばかりが泣いた

とめどなく話しましたね二次会はオニオンリングだらけでしたね

世代差を切り札に出しかける頃カセットコンロの疲れた点火

台布巾は濡れて拭へり空論がひとときき照らしたるテーブルを

〈朗らか〉と書いて採用されたこと　乗り換へ駅に本を買ひ足す

大人らしい声で電話を受けてをり〈消えいろＰＩＴ〉机に立たせ

着く前に雨は上がつて得意ではない得意先きらきらとある

見なかつた常設展に鳥騒ぐ美しい薄明があつた、と

藤棚に藤の実ふとり祝福のごとく昨日のつづきを生きる

骨を呑む

（弟より後に死にたい）咽喉の奥に鰻の小骨刺してこの夜《よ》は

月蝕の夜《よる》の小骨はしぶとくて息を吸つても止めても痛む

お節介だと知つてすることばかり　薄目で向かふ耳鼻咽喉科

人が淡く愛を育む初夏《はつなつ》をのうのうと菓子折り運びゐき

今わたし有難いほど馬鹿だなと片手に銅貨あふれさせて思ふ

銀の器具ひらりと入れて（取れますよ）わたしの奥に一瞬触れつ

心細さは明るさに似て秋の日のわたしの骨がわたしを支ふ

〈未完成〉だつたと気づく　薄暗き待合室に鳴りてゐたるは

鶴不在

吊革の付け根摑んでまどろめば鶴と連れ添ふ一瞬の夢

ぬるぬると胸を濡らせり鶴に恩売りたくて売る後ろめたさは

ほろほろと鱈ほぐされてそこまでは見なくとも良い素顔が見えつ

グミつまむ指　誰よりも的確にあなたを責める自信があつた

軽やかにわたしを置いてゆくための部屋だらう覗かなくともわかる

夏のあひだは辛うじてまだ恋だつた　羽から舐めて消す飴の鳥

雲の中、雲の下

雲の下は大いなる川〈迷ひなく橋を渡れ〉と占ひに出る

宇治川に背中を向けて兄たちがとめどなく語らふ文学史

黒髪を長く垂らしてほそぼそと夜更けに話す川霧のこと

鵜舟には篝火・言葉には力「自信がある」と君は言ひ切る

寝不足の頭の上をひらひらと雲中供養菩薩飛び交ふ

琴も笛も鳴らせぬ我は踊るなりこの人もこの人もこの人も好きだ

七・七の定まらぬままゆく日々に鯉の洗ひを人と分け合ふ

だし巻きの外周ほどけ後輩の笑顔が昨日より柔らかい

雲中を歩み来たりていま腕は花の図鑑を差し出すかたち

渡るときやたら眩しい橋だつたやらせのやうに人を立たせて

追伸に消えかけの虹　たくさんの文《ふみ》を交した夏の終はりの

朱い欄干・石の欄干どの橋を渡つても川向かうに光

初めての島／遠い鳥

羽ばたきに音がないからこれは夢　地上を走りゆく雲の影

踊り場は筏のごとし進捗を聞かれて口ごもる寒い朝

人見知りはあなたの長所　買ひたての醤油を暗い涼しい場所へ

雲晴れるにはかに曇る月太るやせるメールのやり取りつづく

イニシャルにかすかな湿り　早春の編集後記言ひさしのまま

スティルライフ、スティル、スティルライフ　エイプリルフールにめぐる暗き回廊

話すそばから忘れていつて春昼の硝子窓だれも映してゐない

まどろみのあひま幾度も思ひ出す売約済の五位鷺の絵を

客電が落ちれば良夜　河岸に劇場〈銀河〉現れて消ゆ

円卓に夜の兆すころオルゴール職人のしづかなる熱弁

搬入も搬出も夜の記憶にてあなたの影が楽しげに揺る

身づくろひして朝焼けを待つてゐる段ボール箱一杯の鳥

出港の合図短し　信じない目のまま付いて来いユリカモメ

潮風に髪遊ばせて巡りゆく航路の、あれが初めての島

降りそそぐ春の青さを言ひながら硝子舟《グラスボート》の底に置く足

テトラポッドの太もも絡みあふ間《あひ》をしづかに行き来する稚魚の群れ

肺の位置確かめながら見てゐたり渡らない鳥たちの遊びを

帰る港を見失ひたるわたしたち水と空ただ眺めて暮らす

ピアノ線で吊つてあるから永遠に沈まないのだ船もカモメも

流氷、とあなたが叫びレプリカの北国に本物の冬が来る

菜の花は笑みつつ歌ふ（ずつと）（ゐて）（すぐ）（出て行つて）（すぐ）（この）（島を）

命ばかりは助けてほしいわたくしが覚めぎは差し出だす花の種子

都市に鳥、鳥と遠浅、朝焼けの中を帰つてゆく男たち

新しいあなたと出会ふ朝のため床に広げてある鯨瞰図

千年選手

彼が初めてマスターズ陸上の大会に出場したのは、九十八歳のときだつた。

軽々と男は渡る行きつけの書店へつづくなだらかな道

百歳を超えて、投擲三種目で世界新記録を樹立。

投擲を終へて華やぐ身体を鹿《しし》の踊りの鹿たち囲む

百四歳のとき、津波が来る。

迫りくる津波が滝のやうだつた海に真向かふ観音の目に

百七歳の夏は暑かつた。

まつすぐに陽は注ぎをり嵩上げのみどりの上へ、ゐないあなたへ

どんぶりに雲丹盛りながら遠い国の土砂のニュースに泣きさうな人

百五十四歳、彼は今日も筋トレを欠かさない。

暗ぐらと水匂ひゐき（はまゆり、）と呼びかけられて頷く夢に

夢に背後といふものなくて呼ぶ声も波もあなたも正面から来る

三百四歳の春は暖かく、彼はお気に入りの詩吟を口ずさむ。

槍投げの槍刺さりたる地平より海湧き緑湧きて　釜石

五階まで隙間なく本積み上げて桑畑書店ゆたかなる森

卓上の骨格図鑑ペリカンのページ気が済むまで生きて死ぬ

千年経つ。彼は千百四歳になつてゐる。今年も陸上大会が開かれる。
達人《マスター》は牡鹿のやうに立ち上がる〈10001〉のゼッケンを付け
花嫁の投げたる花が鹿となり槍となりまた花になつてここへ

けれども、その大会を、私は見ることができない。

あとがき

双子の歌集『裏島』『離れ島』の次に出す本は、『LAND』という名前になるはずだった。二〇一〇年頃から少しずつ書き溜めてきた連作シリーズ「LAND」を、歌集の中心に据えるつもりだったのである。ところが、シリーズをまとめあぐねてぐずぐずしているうちに、LAND以外の部分が膨れ上がり、ふと気づけば、双子とも兄弟とも呼びがたい一群を形成してしまっていた。本書は、ぼんやり宙に浮いたそれらの集積、ということになる。

二〇一一年の春頃から、二〇一六年夏頃までの三九二首を収めた。歌集は一般的に、編年体（または逆編年体）で並べるか、制作順にとらわれずテーマや歌の色合いに沿って構成するか、どちらかを選択することが多いが、今回はどちらに寄せてもしっくりこなかった。結果的には、Ⅰ・Ⅲ・Ⅳ章は自由に並べ、Ⅱ章だけは発表期間を限定するという、中途半端な構成になった。たぶん読みにくい。申し訳ない。

これまでの短歌を眺めるにつけ、たくさんの先輩や友人たちに助けられてきた日々であったと、改めて実感している。いつも近くで刺激を与えてくれる仲間。なかなか会えなくなってしまったけれど、遠くで元気にしている友だち。もっと遠くに行って、もう帰ってこない人たち。その一人ひとりにこの本を届けることができたらと、切に願っている。たとえあなたが忘れていたとしても、私は私の歌を通して、あなたとの思い出に何度も立ち返ることができる。そこへ至る道を知っているのは私だけで構わないし、私の歌を読んだ人が、私の記憶とは全く異なる世界に辿り着いてくれるとしたら、それはそれで大変嬉しいことだ。短歌とは、そういうものであっていいのではないだろうか。

ともあれ、えらく難産だったこの本をなんとかまとめることができて、ほっとしている。

I章に収めた「わたしの分裂」は、朗読イベント「声と文学」シリーズの一環として、二〇一三年十一月、仙台で朗読したものである（一部追加・改作）。柴田元幸さんが翻訳されたばかりの短編を読み、それを元に短歌を作るという贅沢な企画だったが、加えて、東日本大震災から二年半を経た仙台で読むということが、作品に少なからず影響している。柴田さんには今回、翻訳の一部を引用させていただくことをご快諾いただいた。本当にありがとうございます。また、II章に収めた「出雲へ」は、二〇一一年十二月九日から十日にかけて複数の人が同時に短歌を作るという、同人誌［sai］vol.4の企画で制作したものである。今のところ［sai］は未刊だが、いずれ、同じ日に作られた他の人たちの作品も読むことができるだろう。

歌集の編集にあたっては、堂園昌彦くんに何度も原稿を読んでもらった。的確なアドバイスと変わらぬ友情に感謝したい。尾田美樹さんは、歌集を深く読み込んだ上で、表紙と各章の扉絵を描き下ろしてくださった。また、装幀の花山周子さんは、美樹さんの作品を生かし、飛びきりかっこいい本に仕上げてくださった。五月の作戦会議と、それに続く三人のメールのやりとりの中で、どんどんイメージが形になっていったときの興奮は忘れられない。お二人のおかげで、身に余る美しい本ができあがりました。

本阿弥書店の奥田洋子さんには、出版まで大変お世話になった。池永由美子さんには、数年前から「そろそろ歌集を出します」とお伝えし続けていたのだが、結局お見せすることができず、悲しい。巻頭の連作「川と橋」を作った当時九十一歳だった祖母は、この二月、九十五歳を目前にして急逝した。本当に、ぐずぐずしている場合ではなかったのだ。

最後に、いつも優しく見守ってくれる家族に、最大限の感謝を。人生はめまぐるしく変化していくが、次の歌集は、あっという間に完成させたい。タイトルは（たぶん）『LAND』です。

二〇一八年七月　石川美南

初出一覧（歌集編纂にあたり改稿・再編集しました）

I　橋をくぐる

「川と橋」　『北と南』vol.4（2015）

「脱ぐと皮」　『ノーザン・ラッシュ』vol.1（2014）

「おなかとせなか」　『短歌研究』2013年3月号

「Q／とぶ」　『短歌』2013年3月号

「沼津フェスタ」　さまよえる歌人の会80首詠合宿詠草（2012）、『日月』110号（2013）、『外大短歌』4号（2013）

「コレクション」　『Collection 1』（山羊の木）（2013）

「犬の国」　『びーぐる』21号（2013）、『短歌往来』2014年1月号、『現代短歌新聞』2014年10月号

「わたしの増殖」　朗読イベント「声と文学」で朗読（2013）

「ぴかり」　『現代短歌新聞』2014年10月号

II　通過点、点、点（2011.3・2012-2)

「human purple」　『歌壇』2012年1月号

「彼女の部分」　朗読イベント「ことばのポトラック」で朗読（2011）、『ことばのポトラック』（2012）

「運命ではない」　『短歌』2011年10月号

「昼と夜」　『外大短歌』2号（2011）

「雷」　『外大短歌』2号（2011）

「出雲へ」　『[sai]』vol.4（未刊）

「二月に座る」　『毎日新聞』2012年2月19日

Ⅲ　声

「容疑者の夜行列車に乗車」　『本の島』vol.1（2012）

「南極点へ」　『南極点へ』（山羊の木）（2012）

「右手、」　『エフーディ』vol.2（2016）

「声」　『早稲田文学』2014年秋号　特集「若い作家の読むガルシア＝マルケス」

「予告編に続き本編」　『MONKEY』vol.10（2016）特集「映画を夢みて」

Ⅳ　祝福

「次の季節」　さまよえる歌人の会80首詠合宿詠草（2012）
「リビングデッドの春」　『うた新聞』2012年9月号、『現代短歌新聞』2012年9月号、『歌壇』2014年12月号、『外大短歌』6号（2015）
「朗らか」　『現代短歌新聞』2012年9月号、『短歌』2014年10月号、『短歌研究』2015年3月号
「骨を呑む」　『歌壇』2014年12月号
「鶴不在」　さまよえる歌人の会80首詠合宿詠草（2012）、『現代短歌新聞』2014年1月号、『星座』No.75（2015）
「雲の中、雲の下」　『外大短歌』5号（2014）
「初めての島／遠い鳥」　『星座』No.75（2015）、『短歌』2016年7月号、『遠い鳥』（山羊の木）（2016）、『弦』34号（2016）
「千年選手」　『短歌往来』2016年1月号

カバー・表紙・扉絵　尾田美樹
装幀　花山周子

石川美南　Mina Ishikawa

神奈川県横浜市に生まれる。同人誌 pool および［sai］の他、さまよえる歌人の会、エフーディの会、橋目侑季（写真・活版印刷）とのユニット・山羊の木などでふらふらと活動中。歌集に『砂の降る教室』『裏島』『離れ島』。活版カード型歌集『物語集』『Collection 1』『遠い鳥』など。ここ数年の趣味は「しなかった話」の蒐集。

歌集　架空線《かくうせん》

2018年8月1日　第1刷

著　者　石川　美南

発行者　奥田　洋子

発行所　本阿弥書店《ほんあみ》

東京都千代田区神田猿楽町2-1-8　三恵ビル　〒101-0064
電話　03-3294-7068（代）　振替00100-5-164430

印刷・製本　日本ハイコム㈱

 ISBN978-4-7768-1383-5（3099）